花《はな》束《たば》のように

北野 千賀 詩集　滝波 裕子 絵

もくじ

I

空《そら》は夢《ゆめ》いっぱい

Ⅱ

花束《はなたば》のように

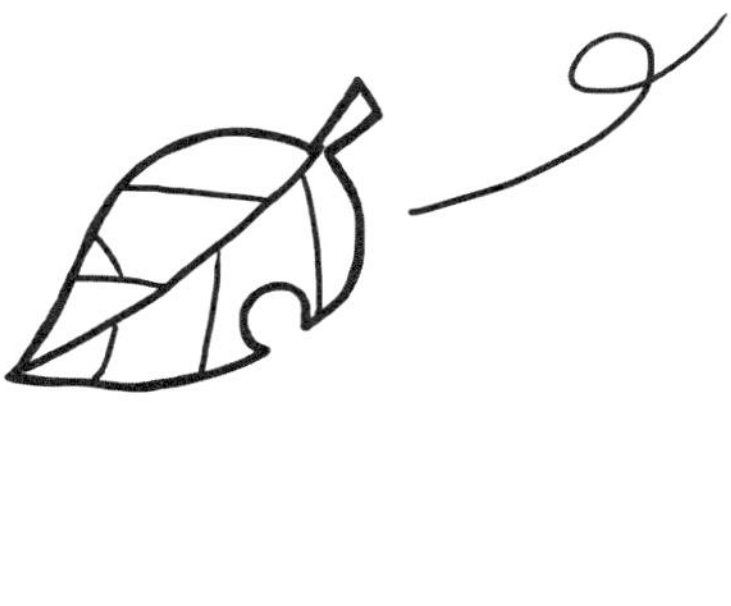

Ⅰ

空《そら》は夢《ゆめ》いっぱい

ボクのえのぐ

ブルーのチューブから
青空《あおぞら》が　とび出《だ》す
ボクの　空《そら》は
いつも　平和《へいわ》な　かおしてる
ふでで　どんどん
空を　広《ひろ》げてゆこう

ホワイトのチューブから
白《しろ》い雲《くも》が　わいて出《で》る
ボクの　雲は
いつも　白くて　夢《ゆめ》がある
ふでで　ふわふわ
空は　夢いっぱい

空《そら》のペンキやさん

大《おお》きな空に　いっぱい
青《あお》いペンキを　ぬった
ペンキやさんは　どこへいったの？
うみに
青い　えのぐ
といて　のこして

大きな空に　ぽっかり
白《しろ》い雲《くも》を　うかべた
ペンキやさんは　どこへいったの？
うみべに
白い　えのぐ
あわだてた　まま

虹《にじ》をかいたのは

どうして
お空《そら》に　かいたの？
七色《なないろ》の　虹を
きっと　ママに
クレパス　もらったから
うれしくなって
かいてみたんだね
空の子《こ》

どうして
お空に　かいたの？
七色の　虹を
きっと　ひとりで
おるすばん　してたけど
さみしくなって
かいてみたんだね
空の子

空《そら》からきた　そうじやさん

空から　やってきた
あめの　そうじやさん
ビルの窓《まど》を
一枚《いちまい》一枚　あらってゆきます
何千何万《なんぜんなんまん》の　そうじやさんは
ザーザーいって　うるさいけど
みんな　とっても　きれいずき

空から　やってきた
あめの　そうじやさん
でんしゃの窓も
じゃんじゃん　あらってゆきます
何千何万の　そうじやさんは
ゴーゴーいって　走《はし》るでんしゃも
フルスピードで　しあげます

ビー玉《だま》　ころろ

青《あお》いビー玉　ころろ
幼稚園《ようちえん》で　はじめて
遠足《えんそく》に行《い》った日《ひ》の
とびっきりの　青空《あおぞら》を
そっと　しまったみたい
あの日の　思《おも》い出《で》
ころろ　ころがれ

赤《あか》いビー玉　ころろ
家族《かぞく》　みんなで
海《うみ》へ行った日の
やけるような　お日さま
とじこめちゃったみたい
まぶしい　太陽《たいよう》
ころろ　ころがれ

空《そら》でなわとびできたら

青空《あおぞら》に
大《おお》きな虹《にじ》がかかったよ
七色《なないろ》のなわ　みたいだね
地球上《ちきゅうじょう》の子供達《こどもたち》　みんなで
大《おお》なわとび　できそうだね
「一《いち》・二《に》・三《さん》で　おはいんなさい
みんなで　なかよく　おはいんなさい」

青空に
きれいな虹がかかったよ
七色の虹のなわ　できたから
地球上の動物《どうぶつ》達も　みんな
大なわとび　はいれそうだね
「一・二・三で　おはいんなさい
うさぎも　こりすも　やぎさんも」

ケーキ作《つく》ったの　だあれ?

雪《ゆき》の粉砂糖《こなざとう》
いっぱい野原《のはら》にふって
大《おお》きなデコレーションケーキ
じょうずね　じょうずね
このケーキ作ったの　だあれ?

朝一番《あさいちばん》に
お日様《ひさま》にプレゼントしたら
お日様は　大好物《だいこうぶつ》のケーキ
お昼《ひる》までに
きっと　ペロリと食《た》べちゃうよ

夜《よる》の雨坊主《あめぼうず》

「夜はさみしいよ
おうちに入《い》れてよ」
と泣《な》きながら
雨が　まどガラスをたたいてる

「外《そと》はだれもいない
だから遊《あそ》ぼうよ」
とさそいながら

雨が　まどガラスをぬらしてく
「君《きみ》がねちゃうと
ぼく一人《ひとり》ぼっち」
とのぞきながら
雨が　まどガラスにふりそそぐ

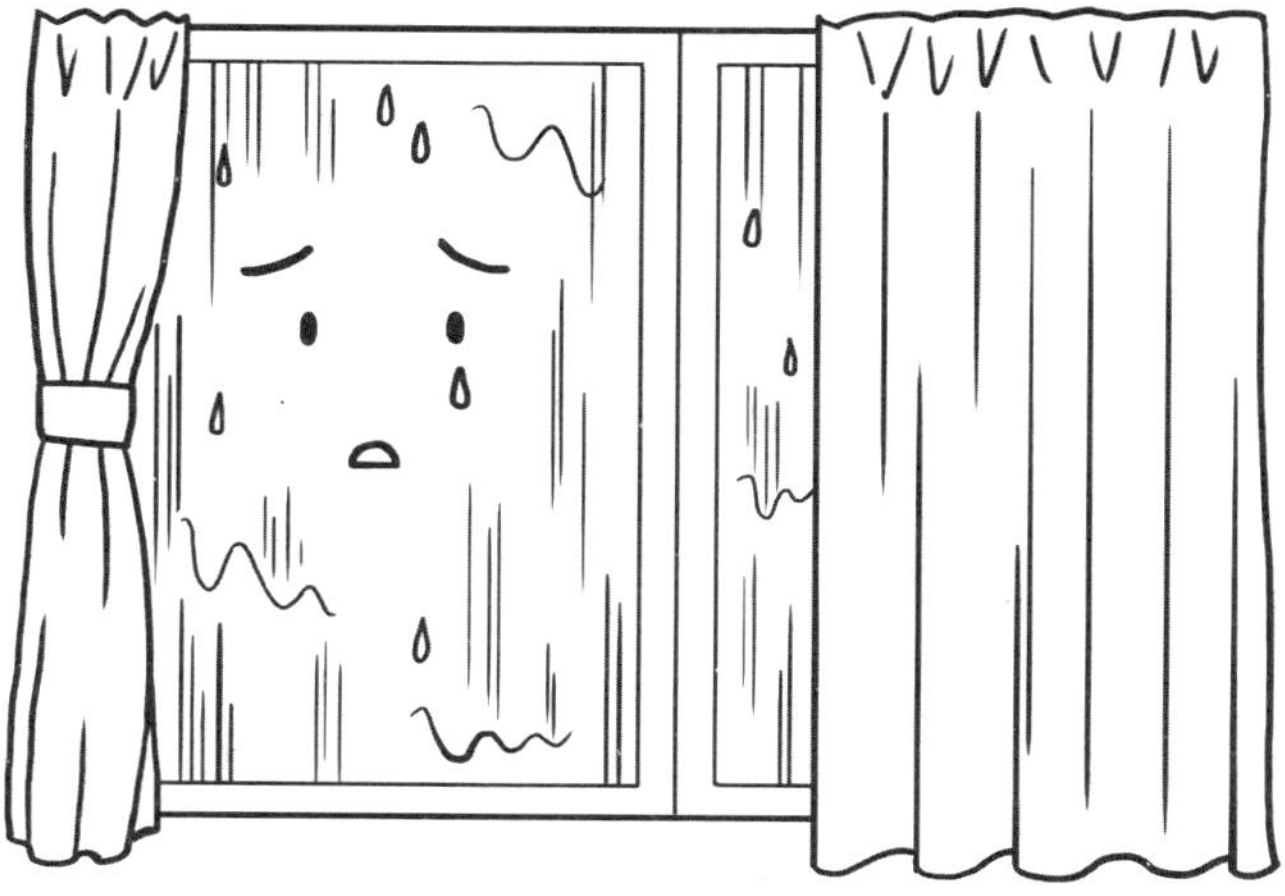

よるふる雪《ゆき》は

よるふる雪は
ママのように
ねんね　しましょうと
土《つち》の子《こ》たちに
白《しろ》いおふとん　かけてゆく

よるふる雪は
ママのように
もう　おそいわよと
お部屋《へや》のまどに
白いカーテン　ひいてゆく

かくれんぼ　してたけど

にわで
つくしの　あかちゃんが
ちょこりん　ちょこりん
あたまを　出《だ》した
さむくて　ずっと
かくれんぼ　してたけど
「春《はる》ですよ」って
お日《ひ》さまが　ほほえんだから

えだに
はっぱの　あかちゃんが
いっぱい　いっぱい
すがたを　みせた
さむくて　ずっと
かくれんぼ　してたけど
「春ですよ」って
風《かぜ》が　ささやいたから

木《き》はいいな

木はいいな
いつも「ヤッター」って
バンザイしている
両手《りょうて》を大《おお》きく広《ひろ》げて
「また背《せ》が伸《の》びたよ」って

木はいいな
いつも目標《もくひょう》を持《も》って
空《そら》をめざしている
両手を高《たか》くふりあげて
「いつか天《てん》にとどくぞ」って

かれ葉《は》が　まうと…

木《き》の枝《えだ》から
ぼくの肩《かた》の上《うえ》に
そっと　まい落《お》ちた　かれ葉一枚《まい》
無口《むくち》な　となりの　あの子《こ》が
あのう…と　言《い》って来《き》た時《とき》みたい

風《かぜ》が追《お》いかけて来て
ぼくの足元《あしもと》を
どこまでも　ついてくる　かれ葉たち
なかよしの　グループの　みんなが
何《なに》して　あそぼって　言ってるみたい

珊瑚《さんご》の赤《あか》ちゃんが生《う》まれた

一年《いちねん》にただ一度《いちど》だけ
六月《ろくがつ》の満月《まんげつ》の夜《よる》
南《みなみ》の海《うみ》の珊瑚礁《さんごしょう》で
珊瑚の赤ちゃんが生まれます

月《つき》の光《ひかり》の合図《あいず》でしょうか
いっせいに　おもいきったように
プクウ　プクウ　プクウと

飛《と》び出《だ》すと

海の中《なか》は　星空《ほしぞら》のように
何千何億《なんぜんなんおく》の赤ちゃんがきらめきだします

美《うつく》しい珊瑚になろうと
夢見《ゆめみ》る想《おも》いが
星空のようにきらめきだします

国立《こくりつ》こども図書館《としょかん》にて

図書館に入《はい》ると
世界中《せかいじゅう》から集《あつ》められた
数《かぞ》えきれない本《ほん》が並《なら》んでいる

その一冊《いっさつ》一冊が
「手《て》にとってごらん」って
選《えら》んでくれるのを
背《せ》すじを伸《の》ばして待《ま》っている

赤《あか》い表紙《ひょうし》ではりきっている本
白《しろ》い背《せ》をしてすましている本
黒《くろ》くてうすい　ひかえめな本
みんなページを開《ひら》くと
先生《せんせい》のように親切《しんせつ》に
知《し》っていることは全部《ぜんぶ》おしえてくれる

インターホン　ピンポン

インターホン　ピンポンしたら
チイちゃんの声《こえ》がした
あそびましょって言《い》ったら
どうぞ入《はい》ってねって
インターホンがこたえた
おうちが　おへんじしたみたいで
ふしぎだね

インターホン　ピンポンしたら
コウちゃんの声がした
公園《こうえん》へ行《い》こうって言ったら
いま行くねって
インターホンがこたえた
おうちが　おはなししたみたいで
ふしぎだね

ぼくはマンション・キッズ

むかし　アラブの　とうぞくは
ひみつの　とびらを　あけるのに
アーブラ　カタブラ
おかしな　じゅもん
ぼくは　都会《とかい》のマンション・キッズ
おうちの　とびらを　あけるのは
あんしょう　ばんごう
ピッ　ポッ　パッ

むかし　アラブの　とうぞくは
たからを　こっそり　かくすのに
ひみつの　かいだん
おりては　のぼる
ぼくは　都会のマンション・キッズ
じぶんの　おうちへ　いくのには
すうじを　えらんで
エレベーター

じどうかいさつで

ママと
デパートへ買《か》いものに　行《い》くの！
じどうかいさつで
キップを　入《い》れたら
いたずらっ子《こ》みたいに
グイッと　すいこんだ

やっと
デパートのある街《まち》に　ついた！
じどうかいさつで
キップを　かえすと
すましたママみたいに
スイッと　うけとった

Ⅱ

花束《はなたば》のように

花束《はなたば》のように

わたし
おねえちゃんになったの
びょういんで　はじめて
あかちゃんに会《あ》ったとき
「はい　おねえちゃん　はじめまして」って
ママが
花束のように　だいじに
だっこ　させてくれた

うれしくって
なかよくしようねって
そっと　そっと
だきしめてあげたよ

かわいくって

うまれたばかりの
ぼくのおとうと
かわいくって
ちょっと　のぞいてみたいって
風《かぜ》が　そっとそっと
ベランダから　入《はい》ってきて
ほほを　なでて　いったよ

うまれたばかりの
ぼくのおとうと
かわいくって
いっぱい　しゃしんとろうって
上《うえ》の　おねえちゃんが
学校《がっこう》おわると　カメラをもって
ベッドの　そばに　とんでくるよ

夢《ゆめ》の中《なか》へ

わたしが
ぐっすり　ねむるまで
ママは　そっと　そばにいて
手《て》をとっていてくれる
きっと　ママは
たのしい夢をみるように
夢の中まで　わたしを
あんないしてくれるのね

わたしが
ねむって　しまっても
ママは　ずっと　そばにいて
みまもっていてくれる
きっと　ママは
こわい夢をみていたら
夢の中から　わたしを
たすけだしてくれるのね

だっこしてもらって

ママの　うでの中《なか》は
やわらかい　おくるみみたい
生《う》まれてくるの　待《ま》ってたよって
だっこのよういしてたから

パパの　うでの中は
かたい　いすみたい
新米《しんまい》パパで　自信《じしん》がないなって

きんちょうしてるね

おばあちゃんの　うでの中は
やさしい　ソファーみたい
たくさんの子《こ》を　育《そだ》てたわよって
自信まんまんなの

おじいちゃんの　うでの中は
たのしい　でんしゃ
近所《きんじょ》の人《ひと》に　見《み》てもらおうって
また　おでかけします

ママのめだまやき

おおきい　めだまが　二《ふた》つ
きいろい色《いろ》して　にらんでる
けさも　またまた
ねぼうだねって
おこってる　みたい
ママは　すましているけれど
ママのきもちが　こもってる

ゲラを先読みした 読者の方々から

「本のたんじょうに たちあおう」

〜 好きな作品と感じたこと 〜

・詩「ママのアルバム」

ママの昔の写真。私だと思ったのはママで、ママだと思ったのは、おばあちゃんだった。ママに子どもの頃があって、おばあちゃんにも若い頃があった。
その発見と驚き。しかもよく似ているという不思議。子ども目線で見て感じておられるのが、よくわかります。

悲しいことや辛いことがあって、美しいものだけを見ていたいと思う時があります。そんな時に開いてみたいのが、この詩集です。子どもの頃、誰もが持っていたキラキラ光る美しい時間を、思い出させてくれる詩の花束のように感じました。

（50代 / ひさとみ純代・女性）

・詩「珊瑚の赤ちゃんが生まれた」

藤城清治さんの影絵のようなファンタジックな情景が浮かんでくる美しい詩。月の光の中、臨場感がある。

・詩「ボクのえのぐ」

屈託のない良い意味の単純明快さ。青と白の2色で描ける広い空と湧き出る雲、平和と夢。
動きがあって元気な詩。

（60代 / 松波　直子・女性）

※上記は寄せられた感想の一部です※

ジュニアポエムシリーズNo.248
北野千賀 詩集
『花束のように』
銀の鈴社刊

おおきい　めだまが　二つ
きいろい色して　きまってる
じゅぎょう　さんかん
きっといくねって
きたいしてる　みたい
ママは　すましているけれど
ママのきもちは　はずんでる

雨傘《あまがさ》の下《した》で

星《ほし》の絵《え》のついた
青《あお》い雨傘
ママと二人《ふたり》で入《はい》ってる

二人だけの宇宙《うちゅう》
ママとボクの声《こえ》が
小《ちい》さな宇宙にひびいてる

ママを　今《いま》だけ
ひとりじめ

おねえちゃんの祭《まつ》りばやし

ピーヒャラ　ピーヒャラ
ドーン　ドン　カッカッカ
祭りばやしの山車《だし》が通《とお》る
横笛《よこぶえ》をふいているのは
ぼくのおねえちゃん

すっごく　まじめな顔《かお》で　ふいている
いつもは　ぼくとけんかしてばかりだけど

今日《きょう》のおねえちゃんは
うちにいる時《とき》と　ぜんぜんちがう
大人《おとな》に見《み》える

大《おお》ぜいの人《ひと》が見《み》ている中《なか》で
どうどうと　うまくふいている

かっこいいよ　おねえちゃん

ひとさし指《ゆび》でお手伝《てつだ》い

ひとさし指で　おうちのお手伝い
まほう使《つか》いみたいに　かっこうよく
「おふろよ　わいて」と
ひとさし指で　開始《かいし》ボタンをピッ！
しばらくすると　お湯《ゆ》がたまって
「おふろがわきました」とおしえてくれる
ひとさし指で　ママのお手伝いできるんだ

ひとさし指で　ママのお手伝い
まほう使いみたいに　どんどんすすむ
「ごはんを　たいて」と
ひとさし指で　炊飯《すいはん》ボタンをピッ！
じかんがたって　ごはんがたけると
「ピピピピ」としらせてくれる
ひとさし指で　ママのお手伝いできちゃった

ママのアルバム

かわいい　あかちゃん
ママにだっこで　うつってる
私《わたし》のしゃしんだと　おもったら
あかちゃんは　ママだった
ママだとおもった人《ひと》
おばあちゃんなんだって！
しんじられない！
びっくり　ママのアルバム

白《しろ》いワンピースで
おすましして　うつってる
私のしゃしんだと　おもったら
女《おんな》の子《こ》は　ママだった
白いワンピースは
ママのお気《き》に入《い》りだって！
私とそっくり！
ふしぎな　ママのアルバム

一年生《いちねんせい》はピーン

一年生はピーン
きんちょうして　ピーン
せなかが　ピーン
ピン　ピン　ピーン

一年生はピーン
名札《なふだ》も　ピーン
まっさらで　ピーン

ピン　ピン　ピーン

一年生はピーン
白《しろ》いシャツも　ピーン
はりきって　ピーン
ピン　ピン　ピーン

一年生はピーン
なにもかもが　ピーン

みんな　みんな　一年生《いちねんせい》

はじめて　すわった
じぶんの　せきで
コチコチのわたし　一年生
机《つくえ》の上《うえ》の
えんぴつも　おなじ
せすじ　のばして
きんちょう　きんちょう
えんぴつだって　一年生

はじめて　もらった
ノートの　まえで
ドキドキのわたし　一年生
ケースの中《なか》の
けしごむも　おなじ
かおは　まっしろ
おちついて　おちついて
けしごむだって　一年生

手《て》がおはなし

「よろしくね」と
あくしゅする
あたらしい　ともだち
なかよくしてねって
ことばのかわりに
手が　ギュッと　おはなしする

「こっちだよ」と
手がまねいてる
なかよしの　ともだち
あそびにきてねって
ことばのかわりに
手が　おいでと　おはなしする

ぼくの専用機《せんようき》

パパの背中《せなか》は
ぼくだけの専用飛行機《ひこうき》
ブーン　ブーン
おうちまで
飛《と》んでくれる　パパ飛行機
ドアからドアへの大《だい》サービス

パパの両手《りょうて》は
ぼくだけの専用リフト
グーン　グーン
高《たか》い所《ところ》へ
登《のぼ》らせてくれる　パパリフト
おしゃべり機能《きのう》も付《つ》いている

働《はたら》くお父《とう》さん

ぼくのお父さんは
地下鉄《ちかてつ》の運転手《うんてんしゅ》

はじめて
お父さんの運転する電車《でんしゃ》に乗《の》った

いつも家《いえ》では
布団《ふとん》にもぐって

もぐらみたいにゴロンとねているのに
今日《きょう》のお父さんは
電車《でんしゃ》の一番前《いちばんまえ》に乗り　先頭《せんとう》になって
もぐらの将軍《しょうぐん》みたいに
胸《むね》をはって　ゴーゴー進《すす》んで行《い》く

とっても格好良《かっこうよ》くって
みとれてしまった
働くお父さんは　すごい

てぶくろは　おばあちゃんのてあみ

北風《きたかぜ》ふいても
おばあちゃんのてあみの
てぶくろは
ぼくの両手《りょうて》を　かばって
「冷《つめ》たくないよ　だいじょうぶ」って
やさしく　あったためてくれる

雪合戦《ゆきがっせん》の時《とき》も
おばあちゃんのてあみの
てぶくろは
ぼくの両手を　まもって
「どんどん投《な》げろ　負《ま》けるな」って
しっかり　おうえんしてくれる

おばあちゃんち美術館《びじゅつかん》

いなかの　おばあちゃんちは美術館
げんかんには
おばあちゃんの手作《てづく》りの
文化《ぶんか》ししゅうの絵《え》がかかっている
おばあちゃんは　手芸《しゅげい》がじょうずだよ

いなかの　おばあちゃんちは美術館

床《とこ》の間《ま》には
ママが子《こ》どもの頃《ころ》に書《か》いた
お習字《しゅうじ》の作品《さくひん》がかざってある
ママは　字を書くのが好《す》きなんだ

いなかの　おばあちゃんちは美術館
応接間《おうせつま》に
私《わたし》と弟《おとうと》が郵便《ゆうびん》で送《おく》った
小学校《しょうがっこう》でかいた絵がならんでいる
お客《きゃく》さんに　見《み》せてるんだって

おばあちゃんが　あんでくれたセーター

むねにボンボンのついた
キャメルのセーター
おばあちゃんの手《て》あみ
北風《きたかぜ》の中《なか》を　歩《ある》いていると
おばあちゃんが
だきしめてくれるみたいで
あったかいよ

おしゃれなデザインの
キャメルのセーター
おばあちゃんの手あみ
寒《さむ》い冬《ふゆ》の間《あいだ》　しょっちゅうきてる
おばあちゃんが
守《まも》ってくれてるみたいで
心《こころ》づよいよ

おじいちゃんの　あさがお

おじいちゃんの
そだてた　あさがお
わが家《や》でいちばん　はやおきして
だれよりも先に
おはようございますって
おじいちゃんに　ごあいさつ

おじいちゃんの
さかせた　あさがお
町中《まちじゅう》でいちばん　きれいにさいて
げんきいっぱい
いってらっしゃいって
みちゆく人《ひと》に　ごあいさつ

あとがき

もの心ついた頃から、童謡唱歌が好きでした。年の離れた二人の姉が保母をしていましたので、童謡のある日々の中で育ちました。

その頃の作曲家や詩人の先生方の作品に、心を育てていただいて成人しました。

サトウハチロー記念館の近所に三重県より嫁いで来たのは、運命の赤い糸にひき寄せられたのかもしれません。

三人の娘達から手が離れたところで木曜会に入会。

日本童謡協会に入会しましたら、心を育てて下さった先生方が目の前にいらして、本当に目を見張る思いでした。

自分の歌を自分で歌い広めたい夢もあり、木曜会入会とあわせて、安西音楽研究所声楽科で声楽も学び、自分の歌を歌う機会にも恵まれました。

私が今日あるのは、宮中雲子・宮田滋子両先生と木曜会の皆様のおかげです。深く感謝しております。

また絵は、木曜会会員の娘さんである滝波裕子さんで、良い御縁に恵まれました。

銀の鈴社の皆様が夢を叶えてくださり嬉しい気持でいっぱいです。

二〇一五年　早春

北野千賀

―初出・作曲など―

P 8　空のペンキやさん　　　　　栗原正美 作曲

P10　虹をかいたのは

ジュニアポエムアンソロジー５「いまも星はでている」（銀の鈴社）掲載

P16　空でなわとびできたら

ジュニアポエムアンソロジー３「宇宙からのメッセージ」（銀の鈴社）掲載

P22　よるふる雪は　　　　　　　馬場桂子《ばばかつらこ》 作曲

P26　木はいいな　　　　　　　　高月啓充 作曲

P30　珊瑚の赤ちゃんが生まれた

「子どものための少年詩集　2006」（銀の鈴社）掲載

「音読の森　小学五年生用」教育同人社　掲載

P32　国立こども図書館にて

ジュニアポエムアンソロジー７「おにぎりとんがった」（銀の鈴社）掲載

P36　ぼくはマンション・キッズ

青木良子《あおきよしこ》 作曲　日本童謡協会主催　第20回童謡祭

P46　夢の中へ　 40周年記念号

P50　ママのめだまやき

山田茂博《やまだしげひろ》 作曲　日本童謡協会主催　第19回童謡祭

P56　ひとさし指でお手伝い

ジュニアポエムアンソロジー10「神さまのお通り」（銀の鈴社）掲載

P60　一年生はピーン

ジュニアポエムアンソロジー６「地球のキャッチボール」（銀の鈴社）掲載

P62　みんな　みんな　一年生　　　ひろの童謡まつり第６回特別賞

P66　ぼくの専用機

ジュニアポエムアンソロジー９「ドキドキがとまらない」（銀の鈴社）掲載

P68　働くお父さん

「子どものための少年詩集　2005」（銀の鈴社）掲載

P70　てぶくろは　おばあちゃんのてあみ

ジュニアポエムアンソロジー８「みいーつけた」（銀の鈴社）掲載

北野千賀（きたの　ちか）
1953年　三重県亀山市生まれ
日本福祉大学女子短期大学部保育科卒
1993年11月より木曜会会員
日本童謡協会会員

滝波裕子（たきなみ　ゆうこ）
1968年　東京都生まれ。日本デザイナー学院卒業。
1999年　ART BOX Gallery 第一回新人賞 キャラクター部門　入選
日本児童出版美術家連盟会員。
webマンガ「超実践！臨床推論」(日経BP社)、詩集「みんな王様」(銀の鈴社)、学校教材やムック本のカットなど。

NDC911
神奈川　銀の鈴社　2015
80頁　21cm（花束のように）

ジュニアポエムシリーズ　248　2015年3月3日初版発行
本体1,200円＋税

花束《はなたば》のように

著　者　北野千賀© 絵・滝波裕子©
発行者　柴崎聡・西野真由美
編集発行　㈱銀の鈴社 TEL 0467-61-1930 FAX 0467-61-1931
〒248-0005 神奈川県鎌倉市雪ノ下3-8-33
http://www.ginsuzu.com
E-mail info@ginsuzu.com

ISBN978－4－87786－248－0 C8092
落丁・乱丁本はお取り替え致します
印刷　電算印刷
製本　渋谷文泉閣

…ジュニアポエムシリーズ…

1 鈴木敏史詩集 宮下琢郎・絵　星の美しい村　★☆
2 小池知子詩集 高志孝子・絵　おにわいっぱいぼくのなまえ　★☆
3 鶴岡千代子詩集 武田淑子・絵　白い虹　児文芸新人賞
4 楠木しげお詩集 久保雅勇・絵　カワウソの帽子
5 津坂治男詩集 垣内美穂・絵　大きくなったら　★
6 後藤れい子詩集 山本まつ子・絵　あくたれぼうずのかぞえうた
7 北村蔦子詩集 柿本幸造・絵　あかちんらくがき
8 吉田瑞穂詩集 吉田翠・絵　しおまねきと少年　⊠★◎
9 新川和江詩集 葉祥明・絵　野のまつり　★☆
10 阪田寛夫詩集 織茂恭子・絵　夕方のにおい　◈★☆○
11 高田敏子詩集 若山憲・絵　枯れ葉と星　★☆
12 原田直友詩集 吉田翠・絵　スイッチョの歌　★◎
13 小林純一詩集 久保雅勇・絵　茂作じいさん　◉★☆●◎
14 谷川俊太郎詩集 長新太・絵　地球へのピクニック　★◎
15 与田準一詩集 深沢省三・深沢紅子・絵　ゆめみることば　★

16 岸田衿子詩集 中谷千代子・絵　だれもいそがない村
17 江間章子詩集 榊原直美・絵　水と風　◇◎
18 原田直友詩集 小野まり・絵　虹―村の風景―　★
19 福田正夫詩集 福田達夫・絵　星の輝く海　★☆
20 草野心平詩集 長野ヒデ子・絵　げんげと蛙　★☆○◇
21 宮田滋子詩集 青木まさる・絵　手紙のおうち　☆○
22 久保田昭三詩集 斎藤彬子・絵　のはらでさきたい
23 鶴岡千代子詩集 加倉井和夫・武田淑子・絵　白いクジャク　★●
24 尾上尚子詩集 まど・みちお・絵　そらいろのビー玉　★☆ 児文協新人賞
25 水上紅詩集 深沢紅子・絵　私のすばる　☆
26 野呂昶詩集 福島一二三・絵　おとのかだん　★
27 こやま峰子詩集 武田淑子・絵　さんかくじょうぎ　☆
28 青戸かいち詩集 駒宮録郎・絵　ぞうの子だって
29 まきたかし詩集 福田達夫・絵　いつか君の花咲くとき　★☆♡
30 薩摩忠詩集 駒宮録郎・絵　まっかな秋　★☆♡

31 新川和江詩集 福島一二三・絵　ヤァ!ヤナギの木　★☆○♡
32 井上靖詩集 駒宮録郎・絵　シリア沙漠の少年　★☆♡
33 古村徹三 詩・絵　笑いの神さま
34 江上波夫詩集 青空風太郎・絵　ミスター人類　○☆
35 秋原秀夫詩集 鈴木義治・絵　風の記憶　★◎
36 水村三千夫詩集 武田淑子・絵　鳩を飛ばす
37 久冨純江詩集 渡辺安芸夫・絵　風車　クッキングポエム
38 日野生三詩集 吉野晃希男・絵　雲のスフィンクス　★
39 佐藤雅子詩集 佐藤太清・広瀬きよみ・絵　五月の風　★
40 小黒恵子詩集 武田淑子・絵　モンキーパズル　★
41 木村信子詩集 山本典子・絵　でていった
42 中野栄子詩集 吉田翠・絵　風のうた　☆
43 宮田滋子詩集 牧村慶子・絵　絵をかく夕日　★
44 大久保テイ子詩集 渡辺安芸夫・絵　はたけの詩　★☆
45 秋原秀夫詩集 赤星亮衛・絵　ちいさなともだち　♥

☆日本図書館協会選定
★全国学校図書館協議会選定(SLA)
□少年詩賞　■茨城県すいせん図書
○厚生省中央児童福祉審議会すいせん図書
●日本童謡賞　♧岡山県選定図書
♡日本子どもの本研究会選定
♥秋田県選定図書
♣愛媛県教育会すいせん図書
◇岩手県選定図書
◆京都府選定図書
⊠芸術選奨文部大臣賞
◉赤い鳥文学賞　◈赤い靴賞

…ジュニアポエムシリーズ…

✼サトウハチロー賞　✣毎日童謡賞　♠奈良県教育研究会すいせん図書
◌三木露風賞　✧北海道選定図書　☘三越左千夫少年詩賞
♤福井県すいせん図書　◈静岡県すいせん図書
▲神奈川県児童福祉審議会推薦優良図書　◎学校図書館図書整備協会選定図書（SLBA）

…ジュニアポエムシリーズ…

91 新井 和詩集・高田 三郎絵 おばあちゃんの手紙 ☆★
92 はなわたえこ詩集・えばとかつこ絵 みずたまりのへんじ ★●
93 柏木恵美子詩集・武田 淑子絵 花のなかの先生 ☆
94 中原千津子詩集・寺内 直美絵 鳩への手紙 ★
95 高瀬美代子詩集・小倉 玲子絵 仲なおり ★
96 杉本深由起詩集・若山 憲絵 トマトのきぶん ☆★◎ 児文芸新人賞
97 宍倉さとし詩集・守下さおり絵 海は青いとはかぎらない ♧
98 石井 英行詩集・有賀 忍絵 おじいちゃんの友だち ■
99 なかのひろ詩集・アサト・シェラ・絵 とうさんのラブレター ☆★
100 小松 静江詩集・藤川 秀之絵 古自転車のバットマン
101 石原 一輝詩集・加藤 真夢絵 空になりたい ☆✧★
102 小泉 周二詩集・西 真里子絵 誕生日の朝 ☆■★
103 くすのきしげのり童謡・わたなべあきお・絵 いちにのさんかんび ☆★
104 成本 和子詩集・小倉 玲子絵 生まれておいで ☆★✧♡♧
105 伊藤 政弘詩集・小倉 玲子絵 心のかたちをした化石 ★

106 川崎 洋子詩集・井戸 妙子絵 ハンカチの木 □★☆
107 柘植 愛子詩集・油野 誠一絵 はずかしがりやのコジュケイ ✧
108 新谷智恵子詩集・葉 祥明絵 風をください ☆◈☼●♡✣
109 金親 尚子詩集・牧 進絵 あたたかな大地 ☆
110 黒柳 啓子詩集・吉田 翠絵 父ちゃんの足音 ☆★♡□
111 富田 栄子詩集・油野 誠一絵 にんじん笛 ♡☆
112 原 国子詩集・高畠 純絵 ゆうべのうちに ☆
113 宇部 京子詩集・スズキコージ・絵 よいお天気の日に ○□●☆◇★
114 武鹿 悦子詩集・牧野 鈴子絵 お花見 ☆□
115 山本なおこ詩集・梅田 俊作絵 さりさりと雪の降る日 ☆★
116 小林比呂古詩集・おおた慶文絵 ねこのみち ☆
117 後藤れい子詩集・渡辺あきお・絵 どろんこアイスクリーム ☆
118 重清 良吉詩集・高田 三郎絵 草の上 ☆□✿◆★
119 宮中 雲子詩集・西 真里子絵 どんな音がするでしょか ✲★
120 前山 敬子詩集・若山 憲絵 のんびりくらげ ☆★

121 川端 律子詩集・若山 憲絵 地球の星の上で ♡
122 たかはしけいこ詩集・織茂 恭子絵 とうちゃん ♡✿♣★
123 宮田 滋子詩集・深澤 邦朗絵 星の家族 ☆●
124 国沢たまき詩集・唐沢 静絵 新しい空がある
125 池田あきつ詩集・小倉 玲子絵 かえるの国 ★
126 黒田 恵子詩集・倉島千賀子絵 ボクのすきなおばあちゃん ☆★♡
127 垣内 磯子詩集・宮崎 照代絵 よなかのしまうまバス ☆♡★
128 小泉 周二詩集・佐藤 平八絵 太陽へ ✿★●☆♡
129 中島 和子詩集・秋里 信子絵 青い地球としゃぼんだま ☆★
130 のろさかん詩集・福島一二三絵 天のたて琴 ☆
131 加藤 丈夫詩集・葉 祥明絵 ただ今受信中 ☆★
132 北原 悠子詩集・深沢 紅子絵 あなたがいるから ♡
133 池田もと子詩集・小倉 玲子絵 おんぷになって ♡
134 鈴木 初江詩集・吉田 翠絵 はねだしの百合 ★
135 垣内 磯子詩集・今井 俊絵 かなしいときには ★

△長野県教育委員会すいせん図書　✡㈶日本動物愛護協会推薦図書
◈茨城県推奨図書

…ジュニアポエムシリーズ…

136 秋葉てる代詩集 やなせたかし・絵 おかしのすきな魔法使い ●★

137 青戸かいち詩集 永田萠・絵 小さなさようなら ✿★

138 柏木恵美子詩集 高田三郎・絵 雨のシロホン ♡★

139 藤井則行詩集 阿見みどり・絵 春だから ♡★◎

140 黒田勲子詩集 山中冬二・絵 いのちのみちを

141 南郷芳明詩集 的場豊子・絵 花時計

142 やなせたかし 詩・絵 生きているってふしぎだな

143 内田麟太郎詩集 斎藤隆夫・絵 うみがわらっている

144 しまざきふみ詩集 島崎奈緒・絵 こねこのゆめ ♡

145 糸永えつこ詩集 武井武雄・絵 ふしぎの部屋から ♡

146 石坂きみこ詩集 鈴木英二・絵 風の中へ ♡

147 坂本のこ詩集 坂本こう・絵 ぼくの居場所 ♡

148 島村木綿子 詩・絵 森のたまご ✿

149 楠木しげお詩集 わたせせいぞう・絵 まみちゃんのネコ ★

150 牛尾良子詩集 上矢津・絵 おかあさんの気持ち ♡

151 三越左千夫詩集 阿見みどり・絵 せかいでいちばん大きなかがみ ★

152 水村三千夫詩集 高見八重子・絵 月と子ねずみ

153 川越文子詩集 横松桃子・絵 ぼくの一歩ふしぎだね ★

154 すずきゆかり詩集 葉祥明・絵 まっすぐ空へ

155 西田純詩集 葉祥明・絵 木の声水の声

156 清野倭文子詩集 水科舞・絵 ちいさな秘密《ひみつ》

157 川奈静詩集 直江みちる・絵 浜ひるがおはパラボラアンテナ ★◎

158 若木良水詩集 西真里子・絵 光と風の中で

159 牧陽子詩集 渡辺あきお・絵 ねこの詩 ★◎

160 宮田滋子詩集 阿見みどり・絵 愛一輪 ★◎

161 井上灯美子詩集 唐沢静・絵 ことばのくさり ☆●

162 滝波万理子詩集 滝波裕子・絵 みんな王様《おうさま》 ★●

163 冨岡みち詩集 関口コオ・絵 かぞえられへんせんぞさん ★

164 垣内磯子詩集 辻恵子・切り絵 緑色のライオン ★◎

165 すぎもとれいこ詩集 平井辰夫・絵 ちょっといいことあったとき ★

166 岡田喜代子詩集 おぐらひろかず・絵 千年の音 ★☆◎

167 川奈静詩集 直江みちる・絵 ひもの屋さんの空 ★◎☆♥♡

168 鶴岡千代子詩集 武田淑子・絵 白い花火 ★☆

169 井上灯美子詩集 唐沢静・絵 ちいさい空をノックノック ★◎☆

170 尾崎杏子詩集 ひなた山すじゅう郎・絵 海辺のほいくえん ☆♡★◎

171 柘植愛子詩集 やなせたかし・絵 たんぽぽ線路 ☆♡★◎●

172 小林比呂古詩集 うめざわのりお・絵 横須賀スケッチ ☆★◎♡▲

173 林佐知子詩集 串田敦子・絵 きょうという日 ☆★◎♡▲

174 後藤基宗子詩集 岡澤由紀子・絵 風とあくしゅ ☆♥★◎♡

175 土屋律子詩集 高瀬のぶえ・絵 るすばんカレー ☆♡★◎▲

176 三輪アイ子詩集 深沢邦朗・絵 かたぐるましてよ ★☆♡

177 田辺瑞美子詩集 西真里子・絵 地球賛歌 ☆★◎

178 高瀬美代子詩集 小倉玲子・絵 オカリナを吹く少女 ☆♡

179 中野惠子詩集 串田敦子・絵 コロポックルでておいで ★♡☆●

180 松井節子詩集 阿見みどり・絵 風が遊びにきている ★☆♡▲

…ジュニアポエムシリーズ…

181 新谷智恵子詩集 徳田徳志芸・絵 とびたいペンギン ♡★◎▲ 佐世保文学賞

182 牛尾良子詩集 牛尾征治・写真 庭のおしゃべり ♡★◎

183 三枝ますみ詩集 髙見八重子・絵 サバンナの子守歌 ☆★

184 佐藤雅子詩集 佐藤太清 菊池治子・絵 空の牧《まき》場《ば》 ☆★♡■◎◈

185 山内弘子詩集 おぐらひろかず・絵 思い出のポケット ♡★●

186 山内弘子詩集 阿見みどり・絵 花の旅人 ♡★▲

187 原国子詩集 牧野鈴子・絵 小鳥のしらせ ♡★△◎

188 人見敬子 詩・絵 方《はこ》舟《ぶね》地球号 —いのちは元気— ♡★◎

189 林佐知子詩集 串田敦子・絵 天にまっすぐ ★☆♡◎

190 小臣富子詩集 渡辺あきお・絵 わんさかわんさかどうぶつさん ✡♡★◎

191 川越文子詩集 かまだちえみ・写真 もうすぐだからね ♡★◎

192 永田喜久男詩集 武田淑子・絵 はんぶんごっこ ☆★◎♡

193 吉田房子詩集 大和田明代・絵 大地はすごい ★◎♡

194 石井春香詩集 髙見八重子・絵 人魚の祈り ★♡

195 石原一輝詩集 小倉玲子・絵 雲のひるね ♡

196 たかはしけいこ詩集 髙橋敏彦・絵 そのあと ひとは ★

197 宮田滋子詩集 おおた慶文・絵 風がふく日のお星さま ★♡◎

198 渡辺恵美子詩集 つるみゆき・絵 空をひとりじめ ★♡●

199 宮中雲子詩集 西真里子・絵 手と手のうた ★

200 杉本深由起詩集 太田大八・絵 漢字のかんじ ★♡❀

201 井上灯美子詩集 唐沢静・絵 心の窓が目だったら ★♡

202 峰松晶子詩集 おおた慶文・絵 きばなコスモスの道 ★♡

203 高橋文子詩集 山中桃子・絵 八丈太鼓 ★♡

204 長野貴子詩集 武田淑子・絵 星座の散歩 ★♡

205 江口正子詩集 髙見八重子・絵 水の勇気 ♡☆★

206 藤本美智子 詩・絵 緑のふんすい ☆♡★

207 林佐知子詩集 串田敦子・絵 春はどどど ♡★◎

208 小関秀夫詩集 阿見みどり・絵 風のほとり ☆♡★

209 宗美津子詩集 宗信寛・絵 きたのもりのシマフクロウ ♡★

210 かわてせいぞう詩集 髙橋敏彦・絵 流れのある風景 ☆♡★

211 土屋律子詩集 高瀬のぶえ・絵 ただいまぁ ★♡☆◎

212 永田喜久男詩集 武田淑子・絵 かえっておいで ☆♡★

213 みたみちこ詩集 牧進・絵 いのちの色 ♡★

214 糸永えつこ詩集 糸永わかこ・絵 母です 息子です おかまいなく ♡☆★

215 宮田滋子詩集 武田淑子・絵 さくらが走る ♡☆★●

216 柏木恵美子詩集 吉野晃希男・絵 ひとりぼっちの子クジラ ♡★◎

217 江口正子詩集 髙見八重子・絵 小さな勇気 ♡☆★

218 井上灯美子詩集 唐沢静・絵 いろのエンゼル ★♡

219 中島あやこ詩集 日向山寿十郎・絵 駅伝競走 ★☆♡

220 高橋孝治詩集 髙見八重子・絵 空の道 心の道 ★♡

221 江口正子詩集 日向山寿十郎・絵 勇気の子 ♡☆★

222 宮田滋子詩集 牧野鈴子・絵 白鳥よ ☆★

223 井上良子詩集 銅版画 太陽の指環 ★

224 川越文子詩集 山中桃子・絵 魔法のことば ♡☆★

225 西本みさこ詩集 上司かのん・絵 いつもいっしょ ☆♡

…ジュニアポエムシリーズ…

No.	著者	書名	印
226	おばらいちこ詩集 高見八重子・絵	ぞうのジャンボ	☆★♡
227	吉田房子詩集 本田あまね・絵	まわしてみたい石臼	★♡
228	吉田房子詩集 阿見みどり・絵	花 詩 集	★♡◎
229	田中たみ子詩集 唐沢静・絵	へこたれんよ	★◎
230	林佐知子詩集 串田敦子・絵	この空につながる	★♡
231	藤本美智子 詩・絵	心のふうせん	★♡
232	火星雅範詩集 西川律子・絵	ささぶねうかべたよ	★♡▲
233	吉田房子詩集 岸田歌子・絵	ゆりかごのうた	★♡
234	むらかみみちこ詩集 むらかみみちこ・むらかみあくる・絵	風のゆうびんやさん	★♡
235	白谷玲花詩集 阿見みどり・絵	柳川白秋めぐりの詩	★♡
236	ほさかとしこ詩集 内山つとむ・絵	神さまと小鳥	★☆♡
237	内田麟太郎詩集 長野ヒデ子・絵	まぜごはん	☆★◎♡
238	小林比呂古詩集 出口雄大・絵	きりりと一直線	
239	牛尾良子詩集 おぐらひろかず・絵	うしの土鈴とうさぎの土鈴	★◎♡
240	山本純子詩集 ルイコ・絵	ふ ふ ふ	★♡
241	神田亮 詩・絵	天使の翼	★☆♡
242	かんざわみえ詩集 阿見みどり・絵	子供の心大人の心さ迷いながら	☆★◎
243	永田喜久男詩集 内山つとむ・絵	つながっていく	★☆♡
244	浜野木碧 詩・絵	海原散歩	☆★◎♡
245	やまうち・しゅうへい詩集 山本省三・絵	風のおくりもの	☆★◎♡
246	すぎもとれいこ 詩・絵	てんきになあれ	
247	冨岡みち詩集 加藤真夢・絵	地球は家族 ひとつだよ	
248	北野千賀詩集 滝波裕子・絵	花束のように	
249	石原一輝詩集 加藤真夢・絵	ぼくらのうた	

＊刊行の順番はシリーズ番号と異なる場合があります。

ジュニアポエムシリーズは、子どもにもわかる言葉で真実の世界をうたう個人詩集のシリーズです。

本シリーズからは、毎回多くの作品が教科書等の掲載詩に選ばれており、1975年以来、全国の小・中学校の図書館や公共図書館等で、長く、広く、読み継がれています。

心を育むポエムの世界。

一人でも多くの子どもや大人に豊かなポエムの世界が届くよう、ジュニアポエムシリーズはこれからも小さな灯をともし続けて参ります。

銀の小箱シリーズ

葉 祥明・詩・絵　小さな庭
若山 憲・詩・絵　白い煙突
こばやしひろこ・詩　うめざわのりお・絵　みんななかよし
江口 正子・詩　油野 誠一・絵　みてみたい
やなせたかし 詩・絵　あこがれよなかよくしよう
冨岡 みち・詩　関口 コオ・絵　ないしょやで
小林比呂古・詩　神谷 健雄・絵　花かたみ
小泉 周二・詩　辻 友紀子・絵　誕生日・おめでとう
柏原 耿子・詩　阿見みどり・絵　アハハ・ウフフ・オホホ★♡▲
こばやしひろこ・詩　うめざわのりお・絵　ジャムパンみたいなお月さま★

すずのねえほん

たかはしけいこ・詩　中釜浩一郎・絵　わたし★◎
尾上 尚子・詩　小倉 玲子・絵　ぽわぽわん
糸永えつこ・詩　高見八重子・絵　はる なつ あき ふゆ もうひとつ★児文芸新人賞
山口 敦子・詩　高橋 宏幸・絵　ばあばとあそぼう
あらい・まさはる・童謡　しのはらはれみ・絵　けさいちばんのおはようさん
佐藤 雅子・詩　佐藤 太清・絵　こもりうたのように●日本童謡賞　美しい日本の12ヵ月
柏木 隆雄・詩　やなせたかし他・絵　かんさつ日記★♡

アンソロジー

渡辺 浦人・編　村上 保・絵　赤い鳥 青い鳥●
わたげの会・編　渡辺あきお・絵　花ひらく★
西木 曜会・編　真里子・絵　いまも星はでている★
西木 曜会・編　真里子・絵　いったりきたり♡
西木 曜会・編　真里子・絵　宇宙からのメッセージ
西木 曜会・編　真里子・絵　地球のキャッチボール★◎
西木 曜会・編　真里子・絵　おにぎりとんがった☆★◎
西木 曜会・編　真里子・絵　みぃーつけた♡★◎
西木 曜会・編　真里子・絵　ドキドキがとまらない
西木 曜会・編　真里子・絵　神さまのお通り★
西木 曜会・編　真里子・絵　公園の日だまりで